和铃央央

初雪

我看见一只冲上青空的鸟

裹着日出与日落间的颜色

和铃央央

刘未央 著

天津社会科学院出版社

图书在版编目（CIP）数据

和铃央央 / 刘未央著 . -- 天津 : 天津社会科学院出版社 , 2018.5

ISBN 978-7-5563-0463-9

Ⅰ . ①和… Ⅱ . ①刘… Ⅲ . ①诗集 – 中国 – 当代 Ⅳ . ① I227

中国版本图书馆 CIP 数据核字 (2018) 第 096013 号

和铃央央
Heling yangyang

出版发行：天津社会科学院出版社
出 版 人：张博
地　　址：天津市南开区迎水道 7 号
邮编：300191
电话 / 传真：（022）23360165（总编室）
（022）23075303（发行科）
网　　址：www.tass-tj.org.cn
印　　刷：山东德州新华印务有限责任公司

开　　本：889mm×1194mm 1/32
印　　张：8
字　　数：170 千字
版　　次：2018 年 5 月第 1 版　2018 年 5 月第 1 次印刷
定　　价：48.00 元

采鸾于飞，和铃央央（序）

金　丹

"和铃央央"，出自《诗经》，《周颂·臣工·载见》篇："龙旂阳阳，和铃央央。"描写交龙旗帜鲜明夺目，迎风飘扬；和铃相应，锵锵作响。一派隆盛、祥和之貌。《载见》篇是西周时期，王室祭祀时所唱的乐歌。描写诸侯来朝，并在周王的率领下献祭周武王庙，祈求多寿多福。"和铃"一句即以装备华丽的车队显示当时的盛况。

未央借此诗句作为自己第一部诗集的称名，应该有两层含义：一是在古代人心中铃声有着平静和安宁，祈求福佑的作用，长久的平静与安宁是她心底的写照；二是以此来表明自己远大的诗歌理想与抱负。通过和她推心置腹的深度谈心及读她的作品，感到了她内心的宁静和深邃，更感受到了她文字的力量与激荡。

认识未央是机缘偶然，她帮我圆了一个梦，就是一次上讲台的梦，我知道那次讲课对我意义深远。2016 年的 4 月 19 日，我受邀为民航大学乘务学院的学生们讲了"只为路上遇见你——诗"，我在讲台上看到未央被一教室的年龄差不了多少的学生们簇拥着，他们在一起，有着年轻而美好的笑容，有着同样的远方和心灵，我能感到她的满足与欢喜，这是她给我的最初印象。

第二次直接就是读她的诗稿，那是在开往上海的高铁上，我一气呵成读了未央的诗集，真切地感受了整个我生命中无数个普通下午中的这个下午变得如此的不同，让我的精神变得奢华华丽。我看到听到感受到了未央“以文字方式表达呼吸”的能力，一共一百二十首诗作，汇集了2008年到2016年——那么长时间的积淀，我看不出有任何伪饰感，那种少女的青涩与青春，花样年华呼之欲出，让人莫名地心跳如鼓，青春的澎湃，青春的祭奠，青春的燃烧，青春的旗帜在岁月中招展。

1. 未央是飞翔着的，她可以幻作任何事物在诗中徜徉。《我是一只来自青天的白鸟》誊抄的信笺上，衔一根根灿烂的霞光将它们束起，一大片暖色的花以蔓延的姿态盛放。朦胧之中，她似乎蜕变为一只逆夜的蝶，舞得翩然。《浮云影》幻作一朵浮云，闯进不属于自己的都城，想离开这里，却惊觉耳边已不再有熟悉的风声。你听她的《致三月的白鸟》中不曾畏惧前方的崇山峻岭。《致十月的白鸟》却怕火燃烧了“我”的羽翼，忘了怎么飞。想用最澄澈的眼睛望天，想用最舒服的姿势展翅，想轻盈掠过点点灯火。还有她12岁创作的一首《苍蝇》，“在孤独的城堡练习风骚/试着熟悉自己的面貌/不是新生/而是潜藏在最底层的卑贱”。花朵开放在最初季节最美时刻，一个小诗人诞生了。她的状态本身就是展翅飞翔的，以高冷的姿态以宽广的气势以俯视的禅定，展翅自由观自在。未央眼中的世界是多情且多感的，她的有温度的文字是可以滋养慰藉他人的心灵，是传递温暖、传递力量的。

2. 未央是理性的，她愿意用不同的角度和身份思考生活。未央是思索者，是由哲理透于诗句来印证“人类一思索，上帝就发笑”。《思索》我们在暗处，我们相互依偎，只是想用他人的衣袂掸去尘土。《导演》“我”不是救世主，“我”不是造物者，却在给谁都安排着故事。别人命运的主宰者，异域异城。我们在桥上看风景，戴着的镜片有一点脏，摘下眼镜，却什么都看不清。《倦》了就关掉所有的灯，世界也不可能一片黑暗，只是曾经有灯火的地方会不太习惯。《你是一面镜子》可“我”却认为每一面都不是“我”的脸。等到“我”把“你”变成玻璃的碎片，才发现，“你”只有一面。未央在《谈生命中》还是以镜子为坐标轴的焦点，认为生命也许是一面终将破裂的镜子，那些嵌在血液里的碎片，折射出梦的黯然。那似乎光滑的镜面，是决计照不见天使圣洁的光环。也许生命是一段抛出就不知归途的弧线，没有什么人能够完美地做圆，会有一个生命为自己的残缺找到出口，试图释放出生命最初的完整，她强调生命的弧线，完美画圈。《生命》，“我”熟悉“你”的开始和尽头，好像会离“你”越来越远，又好像就在“你”的左右……作者感慨着生命无常，人生如白驹过隙……《时光》当中又一次展现了弧线后边隐秘的回归原点情愫。在绕了一个又一个弧线之后，回到原点；不能走路或走不稳路的腿，像鸟的翅膀收拢着，后面推轮椅的人，是“我”的整个世界。表现了未央对人生无常，人生未知世界的追索保护、播种、传承精神。

3．未央是爱着的，爱与疼痛并存。未央的疼痛有大痛——家国之痛，有小痛——小女子纤纤的心痛。未央的大爱是在《祖国在我心中》里深情地写到自己是个单恋者。八个单恋的段落，无论祖国知道与否，都在自己的位置上默默地忠诚地单恋着祖国。《借我烛火》里她只能看着周遭的花朵陡然血一般绽放，看着“你们”疼痛、蹙起眉头却巍然挺立。烈士的遗愿会烛火传承，燃烧。一只觅着鸢尾香的蝴蝶，翩跹得恣意，有理性才有蹁跹。这里阳光、燃烧、蝴蝶、花、开放，是牺牲与继承的疼痛传递，十指连心的大痛。《一本新书到旧书间的距离》，是一场蝴蝶的纷飞，那种大爱无疆的爱，燃烧，是为了照亮宇宙的轨迹，每一双眼睛总有一轮太阳升起，闭上眼，繁星闪耀，漫天。矢志不渝，老师的奉献，学生的流汗，志向不变，不忘初心，繁星满天，桃李满天下了。

未央有大爱，也有小女儿的爱，她挚爱着父亲母亲，芬芳未央的韶华，婉约了经年，一枚素笔，采撷如花如锦的幸福和祝愿，用二十七年的片段入墨，读着能够感受到她与母亲蚀骨深情。《一封家书》用湿漉漉的眼睛，承载一封家书，几百行的墨迹，是一支笔游走在一张纸上的疼痛，细细斟酌每一个字句，没有地址能寄往父亲的家，可“我”依然把信装入信封，默念一声“爹”，天黑后不会是同一个黎明，邮递员不懂。好痛的感觉，那种“千山鸟飞绝、万径人踪灭”的感觉好痛。

4. 未央是感性的，是博爱的。她懂春华秋实，就那么哭笑不停，思索不住地在“我”生命里横冲直撞，让“我”按捺不住。青春永驻，诗意、惬意的青年女诗人，昂首走在充满爱的天使的人间天堂。她诗中翱翔的飞鸟居多，自然这是职业使然，每天都是与蓝天打交道的民航教育事业可以让她奢侈地独享着这份游侠于蓝天白云白鸟的奇幻梦想，白鸟、蝴蝶出现了多次，风雨气候，飞禽走兽，季节种子太阳，飞的跑的疼痛的，想的爱的哭的病的等待的，诗人的老师的少年的青春的行走的名词的……林林总总都是未央的，刻附在她饱满的青春思考里，疼得发光。

她的白鸟飞翔，风云里，引导她写“奏乐起舞”，衔一根根灿烂的霞光将它们束起——摘一瓣落入掌心。一大片暖色的花以蔓延的姿态盛放、填满生命中所有的风景，这一次她做了一回偷得星月的小偷，为了把光明带给别人，却不知把自己牺牲。这是个古灵精怪的诗人，是摘星星的、有着黑暗透彻眼睛的诗人。“我不断关上打开一扇门，蹑手蹑脚地收集，门外的星星和月亮，然后用阳光照耀的盒子盛满，紧系在身体最显著的部分，我身上挂满了闪烁着的盒子，来不及微笑和痛哭，生怕晚了时间，奔跑着为你送去光明，你却以为我是发着光的怪物，惊醒了深夜的梦。”《我和自然》“灵巧的舌头穿不透/我不是夜光也并没有飞行的翅膀/但我并不彷徨/我只听命于与自然共生的脉搏——/那些树木、花草、大海、天空……/我属于它们的世界/它们也属于我”。

5. 未央描写恋爱、家的文字，是有硬度有温度的，时而彻骨的凛冬，时而有浅浅的凉，时而有无痕的暖，更有灼热的烫。你看她的那只脚在犹豫，是否跟随前行的人们，为监视生命，而放弃生命。另一只脚做出了选择，停不下来！在这犹豫的时间，这是一种飞的状态，或者骤升骤灭或者收回脚，走进绚烂的光影。我想到了诗人的一种居安思危的边界思维，悬崖边的思考更为决绝。一只在悬崖边站立的鸟，不只是失了生命或是失了信仰，即使它是一只鸟，越是抓紧，越是坠落，虽然鸟会飞。一只失掉了翅膀的蝴蝶，成为美丽的标本，青春的年轻的代价，失去生命的代价的无奈。未央的蝴蝶在飞翔的时候是浪漫的，更多意义上是对固化的蝴蝶的羽翼失血感到悲伤，比如标本，比如蝶化风筝。对这把握蝴蝶生命的人，无奈叹息。只是在上下一刻就有了不同，青春飞逝的短暂，仅仅只在上下顷刻间。她的诗含有彻骨的寒冷冰冻的痛意，《门外的我》忘记了推门的动作，等待一双修长手指的手，只是掩饰道“我”错了，“我”是被门内的人，锁在门外。这让人想象很多，站在门外，以为自己可以伪装成正在推门的姿态。歌词感画面感极强。更加直接表现的还有《挣扎》，像是要破土而出的草，像是要捕食田鼠的猫头鹰，为了性命，挣扎却只能垂下挣扎的一切，被切割被瓜分。这是女诗人成长的挣扎，呐喊之后的作者又吹响了出征的号令，一意孤行的决绝。《旅行》，带着没有眼睛、耳朵和嘴巴的“我”，用鼻子努力地呼吸，孤独地前行，任无数坚强的砾石块，单纯地泛滥。只带着呼吸前行，未央的这个旅行，最后一句把之前的所有烦恼都释然，和可能不那么喜欢的人群去不喜欢的地方，但因为有某个人或某种情愫的存在，那么这场旅行并没有那么糟糕，这场旅行也许只是去一个新的地方，也许是一段人生的路。《一个下午》表现的就是荒诞的悲凉的冷漠："我"相对"你"而坐，在"我"眼中，是钟摆击出的空荡。在"你"眼中，是石缝中卑微小草的挣扎。钟摆是以一个人的形态，陌生、陌路、冷瑟极致的冰冷的感觉，文字如刀。《当忧伤散尽》，注定你我失掉生命、失掉本真。浅色忧伤的回忆。她诗中的路在延伸，"我在走一条路，一条我宁愿从未经过的路"……《路和生活》作者写得很巧妙，以希望作借口，手里掐着种子，却撒在身后，没有退路。空气在凝固，"我"的敌人，"你"的敌人，"他"的敌人，逆光而坐。光下，坐着三个人。房间里，"我"的敌人"你"的敌人，逆光而坐。光下，"你"和"我"，微笑地寒暄。房间里，"我"的朋友逆光而坐，没有"我"的房间，光下，空无一人。后背是光，眼前就是黑暗。她描述的人和人之间的关系富有哲理，比如《和你变老》，生命变老，是你看不见我，"我"看不见"你"。生活变老了，是"你"不想看见"我"，"我"不想看见"你"。思想变老了，是"你"看不见"你"，"我"也看不见"我"自己。与"你"一起变老，直到"你"的眼中只有"我"，"我"的眼中也只有"你"。直到"你"和"我"别人都不再看见。"我"在望见"你"时，"你"恰好望进"我"的眼，瞬间会融化成繁星点点，细碎斑斓的语言，不是文字的积木式堆积。《我们的距离》，"我"向前一步，"你"后退一步，是"我们"，最遥远的距离。这是世界上最远的距离，语言精准。

6. 未央是多泪的。她流的是天使之泪，她爱的泪，擦干再流下，追求爱的执着。《等待》，对一些事的无能为力，对未来的无知和猜测。是静悄悄的空气与乱糟糟的心情。她的青春是炽热的《致青春》，"我"应该感谢，应该放歌，应该舞蹈，“我”本应该尽情地感谢、放歌、舞蹈，“我”感到疼痛。可人们却无情地走过，肆意践踏在“我”落满哀伤的土地，土地的名字叫“成长”，因为痛所以才是青春。拒绝长大，《年少的我》，恨与爱都是最高级，“我”最怕“我”失去的不仅仅是青春。面对爱情，未央有着非同寻常的冷酷和炽热。《爱情》，最美丽的花朵都生长在笔下，而真的花朵，扎根土壤。浪漫的未央骨子里的爱情是质朴的，是根植在土地上的，只有扎根土壤，爱才不会那么脆弱。《遗忘的爱》中又有两朵云的擦肩而过，没有激情，却制造出雨滴的降落。这句也可以理解为是对无爱的婚姻最冷静最无情的一句话。也可以理解为曾经熟识的人，因为一些变故，更多的是被时间操控改变了最初的样子，所走的路已经不同，成为陌路已是必然，但还是会默默关注她的消息，却也冷酷的发现，除却她们曾经相熟的这个事实，过往的事情却是一件都想不起来了。《相忆相忘，然后等待》，有人说，等待的本身就是一个错误。而“我”想说，对于这个美丽的错误，“我”会义无反顾。《思绪》，有些回忆，在“我”混沌的记忆里，兀自鲜明起来。不仅是一个符号一个标记，而是一段在人生中磨灭不掉的痕迹。还有她的《怀念，不想怀念》，未央是冷静的旁观者，读者能想到的就是黑夜里眨着黑色眼睛的宁静小女孩儿，在光影明暗之间，思想在裸奔，带着最纯洁的完整的心灵。她还表示《愿意过的生活》是日初升时不用赶班车的惬意，和慢慢吃大饼油条的洒脱；是月初凉时不用在外奔波，和无论刮风下雨家中坐的安然；是自己决定自己的命运。《送给妹妹的话》令人禁不住快速读完，这是一个可爱的小女孩，白衣蓝裙，睁着清澈的大眼睛，以一颗水晶般的心，又一次地自我对白……

7. 未央是诗性的活跃的，文字是跳跃的思想是深沉的，情感是温暖的，才华是霸气的。《青春的样子》青春是急雨的样子，漫天的雨珠被一柄油纸伞撑着，人海茫茫，我们出场在花开最美的时刻。《回顾》一个叫诗神的女人，盛开在迷迭香的气息。我们不是诗人，诗人不代表诗。在《我们都是诗人里》，她认为清澈的人才是诗人，简单单纯的人才是诗人，诗人不能有那么浓的香气。诗应该是有力量的。在《诗人的话语》中她写道：燃着的光，不是为了照亮脚下的路，是给寂寥星空的暗号……这是诗人的宿命，也许更是文字的宿命，那些诗人的话语从笔尖落下，掷地有声。文字要带给人们向上的力量。她还以诗人的身份表白，“总是会感叹上苍赐予我们的是怎样一段短暂的旅程/会用一辈子的时间怀念曾经/渐渐地曾经变长/怀念变轻/但今天/没有灵感的日子里我正在写冗长的句子/因为我的生命/将虔诚跪倒在真理面前”（《诗人的表白》）。未央对诗的创作是有态度的，绝不迎合，绝不将就。她“想变成一只风筝”，风起时落下，风停时飞起，逆流而上，迎难而上，展示对诗歌真谛的追求精神。未央的诗神是这样的，她写诗给诗神说，你在天边，无边无际如海的天空，如同一朵自由行走的花，散发着迷人的光，我只能仰望你飞翔的痕迹，曾经你为我照亮，仍闪烁着的梦与远方。

8. 未央是晴雨表，是知晓春夏秋冬、知冷知暖的。她的内心深处的冲突，有如兵荒马乱，乱世红尘，尘埃落定，定心力拔青山。她喜欢这回归本源的弧线描写，在《昨夜今晨》她愿意把祝福抛给大家，与人分享她的祝愿，她无私地把爱分享给大家。环着一大捧花束，在时光翩翩的那一年盛开，仔细闻那是带着草木柔嫩芬芳的香气，在透明如醇蜜的阳光下聚合游离。用花儿来表达祝福，盛放如锦。

《初雪》，“一只冲上青空的鸟”让她回想起默写一些字和句子，在很久以前。她文字里的《太阳》是拟人的，“你的手抚过我的土地/隔着千万年的距离/我却觉得/很久以前/我们就在一起。”未央的花花草草就如星落人间，你看风的律动，燃烧的渴望，经过雨的洗礼后，带着幽幽的香的草，你再看阳光蓄满了身体，在一刹那迸发了活力，摇摆的每一个姿势，拼聚了全身的能量，天空的高，地面的广，在风声涌到前簌簌地颤抖，带着淡淡的哀愁。她内心深处的花都是有魂灵的，找寻迷失家的自己。标本比自身耀眼美丽。最后，带着遗憾，被夹紧。标准的标本比自己耀眼的美丽，灵与肉无魂的花的憾。未央的一匹受了重伤的老马，燃烧的脚印，顶起它沉重的生命，真的是马老了，好个痛！站立中睡着。同样，在月光打开的地方，听见山的欢呼，可当喊自己名字的时候，却没有回音……她是珍惜时光的，面对时间，追逐时间留住时光的哲理感受就是，孩子追着赶着去了解，老人则用拐棍抵着，慢慢地挪步，时间就这么走掉了，以不同的形式。

9. 未央是多彩的。她说她是黄色，绿色，橙色，蓝色，紫色，白色，当你用托举光明的手托举我的时候。水天一色的时候就是幸福的颜色。无论未央以什么身份什么颜色什么姿态什么思考出现，她都是一位善于思考的有责任感的爱国敬业的年轻女诗人，她以她诗里纯净的纯度，以诗中思想的高度，对自然呼吸般的和谐明媚，她靓丽鲜活地成长着。由于经验和阅历的不足，她的文字还很稚嫩，甚至还保持着“写诗”的痕迹，但也正是因为她年轻，所以她才对光明和真理追逐的坚定，对爱和温暖渴望的深切，她有时间来浪费于更多的错误中，谁能说错的就不是美的呢，给她更多的成长空间，等待她花开璀璨！我想这本《和铃央央》就像是她奔放于生命旗帜上的铃声央央，招展却宁静如晶体在成长，也如深海深蓝深邃悠远……

目　录

一只来自青天的白鸟的祝福

我是一只来自青天的白鸟
踏风去寻觅最美的祝福给您
桂树下玄鸟引路
花荫雪白山峦沉稳
清浅流年作文
誊抄在时光的信笺上
写荣枯万千次的草木
写关山万里挡不住的春风

我是一只来自青天的白鸟
踏云去寻觅最美的祝福给您
冰轮下玉兔起舞
粉英旖旎金阙熠熠
盈洁幽梦作谱

铭刻于年华的乐章中
抚一曲春江花月夜
琳琅之音
奏一曲袅娜的阳春白雪
万物迎新

我是一只来自青天的白鸟
踏雪来送最美的祝福给您
碧落间琼楼影疏
香雨翩飞绛花依依
学习衔泥筑巢的燕子
衔一根根灿烂的霞光将它们束起
在这冬日寒凉的天气
摘一瓣落入掌心
一大片暖色的花以蔓延的姿态盛放
填满您生命中所有的风景

借我烛火

——9 · 30 烈士纪念日有感

我站在你们面前
用颤抖的手抚摸
漂流在时光河里的伤痕和记忆
那些个叫作“过去”的地方
埋藏着你们亲手种下的悲喜
来不及整理思绪的我
只能看着周遭的花朵陡然血一般绽放
看着你们疼痛、蹙起眉头却巍然挺立

是你们用破碎的身躯做基石
撑起中华民族的背脊
一个手捧流光的少女
梳妆得仔细

岁月沉重得只适合肃穆
亘古不褪的钟声回荡天地
燃烧的肋骨、明晰的疤印
烙在大理石上的是激情沸腾的日月晨昏
繁星般焕发光彩的种子遍地生长
寂寞的松柏旁睡着最可爱的人
一只觅着鸢尾香的蝴蝶
翩跹得恣意

我从家提出的纸灯笼已经熄灭
因为一阵风雨
借我烛火
我把旗帜插上
借我烛火
我把初心印在纸上

一本新书到旧书间的距离

一本新书到旧书间的距离
是一场蝴蝶的纷飞
是为了让娇艳的小花们
感受最温暖阳光的抚摸
喝最纯净的水
燃烧
是为了照亮宇宙的轨迹
风雨
是为了求索的大地
醒在黎明之前
伴着月光入眠
十八坡上的气力
毒太阳下的汗
你以为一切不曾改变

时光的熔岩
为何越来越炙热
红色的蒲公英
是一粒粒火种
落入天地间
每一双眼睛总有一轮太阳升起
闭上眼
繁星闪耀
漫天

昨夜今晨

昨夜
想要掬起冬日里最后的一捧雪
以祝福的名义
可因为青空里永恒阳光的色彩
我改变了主意
要做一份充满光和热的礼物
点燃曾经凋落和含苞的日子

今晨
我和暖冬里没有飞雪的 2011 作别
告别这一季
有我最深的祝愿
我把祝福和希冀放在将融的寒冷中
让它们被风吹散

沿着春天的秧苗生长
一片片浸满馨香
送满年的丰硕与芬芳

送给妹妹的话

以快速的方式读完你的文字
用缓慢的思考掺杂不禁的泪
有个念头牵引着我，要做以下这件事
我想告诉你
每一次和你拥抱
都像极了拥抱一个美好柔软的孩子
手里想送给你再圣洁的花瓣
都比不上你纯净的白衣
我想告诉你
每一次和你交谈
都像极了给自己买了一根水果味棒棒糖
刻意忘记擦掉唇边嘴角的余味
那是我所以为的幸福甜蜜
我想告诉你

每一次听你叫我的声音
都像极了盛开的绚烂烟火
我的心绽放成一朵芍药花
芳香凛厉
我们生活在同一个孤岛
互相拥抱，相互鼓励
我们像极了孪生姐妹
虽然有着不同的目的地
却从未想过分离
在我这里
你永远是个可爱的小女孩
白衣蓝裙
睁着清澈的大眼睛
一颗水晶般的心

天使的传说

传说
天使会唱动听的歌
会采集飞鸟的花翎给世界换种颜色
一双晴空般的眼睛
透净多少个春夏秋冬

传说
天使会画清晰的风影
会记下无数淡淡容貌的小花成为春天般的激动
一个映着露水的微笑
冬梅幽香附和微光的梧桐

传说
天使来自梦与爱的地方

会隐藏起翅膀于人间散落
而其实
天使的所在
那里就是梦和爱升起的天堂

祝福的样子

我把祝福折成翅膀
用云朵擦拭羽毛
放飞两只轻盈的鸟给您
一只尽情吮吸霾和烦恼
一只倾力播撒爱与欢喜
一只奔向未来
一只待在原地

我把祝福串成项链
用彩虹清洗珠粒
牵手两个顽皮的孩子给您
一个打碎太阳让温暖出逃
一个绽开臂膀拦住波涛
一个随光影放逐

一个攥着光明舞蹈

我把祝福凝结成种子
埋在诗歌里献给您
一粒长成静好的树
和着缕缕清风摇曳
一粒绽放成幽雅的素馨
蘸着点点星光低吟

一粒晕染幸福和温暖
一粒收获光明与梦想
一粒在您身边
一粒在您心上

青春的样子

青春是暖阳的样子
沉睡的土地又有了苏醒的欲望
花草开始浓妆艳抹
争风抢露地显出姿彩
那是琉璃世界里的梦幻
童话的模样

青春是急雨的样子
漫天的雨珠被一柄油纸伞撑着
自那天穹的尽头等待成磐石
等在无言的陌上
满溢着的相思发出银铃般的声响

岁月织雨

人海茫茫

我们出场在花开最美的时刻

请别忘记

那一年

青春的样子

回顾

——给一川诗社

带着挂在年轻嘴边的微笑
我向我们回顾
一个叫诗神的女人
盛开在迷迭香的气息
我们在她身后虔诚地跪拜
身上沾满了辛酸的五色泥
希冀落叶、流萤、清风与我们亲吻后
暗夜般的神秘

带着挂在年轻嘴边的微笑
我向我们回顾
捧着狂欢的雪白花瓣
把一川烟波的梦拾起

用几个握紧的稚嫩拳头
许下诺言
斜阳正照耀着
单薄的明天

带着挂在年轻嘴边的微笑
我向我们回顾
为一条浅淡的河流
喷洒代表温暖与光明的颜色
像一颗颗绚烂的彩滴
铺满白茫茫的水面
拥着虚妄和热情
欢乐地游动

带着挂在年轻嘴边的微笑
我向我们回顾
枯黄色石头下
流淌着坚硬的河
她干涩发亮的金色眼睛
闪动着大海的晶莹，清溪的真诚
呼唤着无数个日夜
投入河中的火焰和冷冰

带着挂在年轻嘴边的微笑

我向我们回顾
渐渐学会守护水流的方式
平静地倾听
水珠的哭泣和欢歌
破碎而静默
有种东西从脸上划过
我们看到了希望的轮廓

我们不是诗人
诗人不代表诗
但是我们怀着对“一川”的爱
会在这澄澈明净的川流中
迎着奔腾的海浪
前行

祖国在我心中

——一个单恋者的独白

我在单恋着
我真的是在单恋着
用坚毅不移的决心
用诚恳真挚的信心
朦胧之中
似乎深藏着一个如谜的背影
像一朵含着晶莹香露的蓓蕾
盈盈地低泣
拖着遍体鳞伤的身体
裹着单薄的外衣
昏昏的街灯
沉沉地呼吸
黯淡的眼光隐起了曾经的纸醉金迷

生涩的喉咙里发出机械地哽咽
经过历史的烟波
袅娜着传到我的耳边
这已不单是她的心声
而是混着狂风和暴雨的铭记

我是在单恋着
但我不知道在单恋着谁
是一个曾经伤痕累累
甚至不清楚未来脚下的路在哪里，却始终不放弃摸索的少女吗
还是一枝曾经被摧残凋零
甚至零落成泥都无人怜爱
却始终不忘记伴着晚凉散发出袭人香沁的花朵
我真的不知道
我知道的是
我的胸口膨胀着
我的心悸动着
像所有单恋的人们
远远地望着
多希望为她遮风挡雨
不要再让她受任何伤害
那时的她不会知道
会有一个静静捍卫她的
可怜的单恋者

我是在单恋着
我真的是在单恋着
用温暖热忱的爱心
用金石可镂的恒心
朦胧之中
似乎深藏着一个如谜的背影
像一枚浸着光明色线的草叶
骄傲地高喊
挺着单纯明净的身体
染着纯粹的气息
轻轻的微风
甜甜的空气
豁达的胸襟憧憬着未来的宽广天地
澎湃的内心中敲打出激昂的节奏
经过历史的烟波
袅娜着传到我的耳边
这已不单是她的心声
而是混着春风和水流的铭记

我是在单恋着
但我不知道在单恋着谁
是一个以为会度过无数个无以为继的明天
甚至不确定自己追逐的愿景是否遥远

却始终不后退的倔强女子吗
还是一棵全力破土而出
甚至倾吐清香都无人眷顾
却始终不忘记舔舐伤痕在回忆里挥去忧伤的青草
我真的不知道
我知道的是
我的胸口膨胀着
我的心悸动着
像所有单恋的人们
远远地望着
多希望为她拂去落尘
要让她感受所有关爱
那时的她不会知道
会有一个深深祝福她的
可怜的单恋者

我是在单恋着
我真的是在单恋着
用滴水穿石的耐心
在肝胆相照的真心
朦胧之中
似乎蜕变为一只逆夜的蝶舞得翩然
像一夜落霜撩起迷雾似的幻变
晶莹的翅膀掠过意念里的光年

拈来一份份欢愉地弥漫
醉了思念
哪还见溅血馨芳，远近凄怆
那些抹魂灵懦弱的叹息怅惘
经过历史的烟波
袅娜着传到我的耳边
这已不单是他们的心声
而是混着天风和海涛的铭记

我是在单恋着
但我不知道在单恋着谁
是一个甘于粉饰那些美好得失去真实的生活
甚至失去分辨天堂与地狱的能力
却始终执迷不悟的女子吗
还是一只自以为幸福到周身都历经甜蜜
甚至恣情到忘弃天地
却还一意孤飞的蝴蝶
我真的不知道
我知道的是
我的胸口膨胀着
我的心悸动着
像所有单恋的人们
远远地望着
多希望把她美梦摇醒

不要再让她受任何迷惑
那时的她不会知道
会有一个静静守护她的
可怜的单恋者

我是在单恋着
也许真的是在单恋着
用我卑微却年轻的生命
用我轻晕且绚烂的年华
朦胧之中
似乎孕育着一个如花的笑
这么淡，那么淡的巧笑
却闪烁着自信的光芒
不是因为祥云的留痕、火炬的传递
而是混着冰雪和地动山摇的破碎
另来的一种完整

我是在单恋着
终于我知道我在单恋着谁
是一个由混沌中重生，睡梦中苏醒
把祥和散溢于宇宙之中的使者
是一个经历风霜，心甘情愿付出
把温暖关怀洒向儿女们的母亲
我还知道的是

我的胸口膨胀着
我的心悸动着
我要告诉她我的爱
纪念她已逝去的青春
她会有一个用全部爱她的
忠实的恋人
浮烟似的脚步路过
是花儿，是叶儿，是蝶
是少女，是女子，是母亲
是我心中最美的祖国

美丽的新娘

我没有什么珍贵的礼物能送你
只有一支纯净的笔
勾勒你明艳的微笑和即将成为现实的你的梦
以洁白的婚纱约束柔软的腰肢
捕捉聚拢芬芳的蝴蝶固定做点缀的星星
敲开彩镶玻璃窗的月亮的门
借一条夜明珠串起的项链
代表永恒
我站得笔直
生怕画漏了你的美丽
从浸透了露水幽香的地方
扬起飘飘的裙摆
你是骄阳下
最美的新娘

幸福的颜色

我是黄色
当你用托举光明的手托举我的时候
我是绿色
当你看向我用蔚蓝色的清澈眼眸的时候
我是橙色
当你把太阳和月亮摘下缀在我衣裙左右的时候
我是蓝色
当你拥抱我像大海拍打天空的时候
我是紫色
当你如悬崖边丁香花绚烂生长的时候
我是白色
当你透明成空气包围在我身边的时候
当我和你是一种颜色
就像水天相接的样子

那种颜色的名字

叫作幸福

我环着一大捧花束

我环着一大捧花束
噙着嘴边的微笑伫立
那些花儿每一朵都是绝美而纤细
在时光翩翩的那一年盛开
仔细审视那是缀满光点的回旋的记忆
在纯粹如明镜的心上烙印点滴

我环着一大捧花束
噙着嘴边的微笑伫立
那些花儿每一朵都是饱满而挺拔
在温暖如春的冬季肆意绽放
仔细闻那是带着草木柔嫩芬芳的香气
在透明如醇蜜的阳光下聚合游离

因为不会表达

我只能尽量把字里行间填满美好和诗意

我记得这一年如烟云般的悲喜

那些花儿每一朵都是我对您深深的祝福

祝愿您的容颜如花朵般明妍

祝愿您的生活如花朵般瑰丽

祝愿您所有的希望和梦想

就像那一大捧花束

盛放如锦

献给老师（一）

拾起暗夜里破碎的梦想
撑一把雨幕下的伞
像拂晓时启明的星辰
当灯光串起雨滴和希望
包裹起你的周身
一起走
向梦里无数次闪现的光明

倾尽生命中全部的力量
擎一团炙热的火
像无私奉献的蒲公英
播种一颗颗充满知识与信念的种子
把消极和愚昧驱散
没有泪

只有飘洒在空中沁人的花香

我不知道世界上最美丽的赞词出于何处
只是我想说
很多很多年以后
会听到斜阳下有人正唱着
你曾经教他们唱过的歌

献给老师（二）

在遥远静谧的山冈之巅
在宁静深沉的水面
在钢蓝色的天空下
笔直地伫立着一群人
身后辉煌伟岸的建筑
如哲理般

他们勇敢穿过沟壑和山谷
穿越森林和深潭
深邃的目光却一直低垂着
匆匆抬起的面庞总是带着笑颜
他们繁星般的思想
照亮了多少没有灯火的窗口
点明了多少没有方向的小船

他们坚韧走进荆棘和泥潭
走进风雨和冰雪
智慧的头却一直谦逊低着
不经意挂满汗滴的脸上总是释然
他们钢铁般执着
牵引了多少翩飞的白鸽和蝴蝶
抒写了多少绚丽的诗篇

睿智闪耀在他们的眸子里
智慧浓缩在他们的唇边
太阳从头顶升起光辉垂肩
云朵从身边飘掠优雅做圆
他们披着圣洁的颜色
走近渴求的目与温暖的期盼
走进每一颗心，每一阵风
沿着每一个瞬间
走进永恒

献给老师（三）

当水洼里月的半圆
摇着新鲜的天蓝和阳光的璀璨
像摇着自己的孩子睡去
当灯光串起饱满的雨滴
折射出信念与希望的光芒
滚落你的发梢
乌云用潮湿的手掌抚摸你
拉长的身影
辛勤的汗水
渗透了每扇窗、每段路

当水洼里破落的夜
摇着稚嫩的云朵和溶溶秋意
像摇着自己的孩子醒来

当天畔滚来的烟圈般的早阳
包裹你的周身
缕缕微风牵动圣洁的衣袂
飘曳勇气与智慧的能量
恬然温暖的笑颜
诉说着每份希望、每个梦

会有一天
布满穹隆的星群
照耀在你的肩头
因为你曾经敲打过他们无处安放的青春

勿忘初心

对于我的夏天
每年都是一个毕业季
没有太多哀伤的情绪或者早已熟悉
校园依旧青青
孩子们扬着明艳的笑
挥手别离
在那样好的年华我们相遇
白鸟过林，杨柳依依
所有美丽的相遇都是首诗
在风里云里
浅唱霜雪雨露的回忆
斜阳篱花前的一声珍重
凝结成曾经相聚的情谊
你们抱着芬芳远去

成为冲向云端的飞鸟

要记住

梦想和现实可能距离很远

请不要轻言放弃

母亲

你在腊月里赏花
折一枝雪海宫粉梅
在花香里流连
用阳光般的温暖装点琼英

我在明妍的春天舒展
借微风的旋律摇曳如烟
芬芳未央的韶华
婉约了经年

你住在斑驳曲折的故事里
把我放在树木葱茏的孤城
岁月抚摸后如云的鬓角
湿润大半个生命

我提着一枚素笔迟迟落下
采撷如花如锦的幸福和祝愿聚在笔端
用二十七年的片段入墨
一生只演一个角色的母亲
落英缤纷的光阴
我们还要遇见

我以为的诗歌

我曾经为你写的诗歌
是我拉着你拉着我
海洋干枯为天河
月亮撕碎成繁星闪烁
在我的诗里
永远有个咧着嘴角的娃娃站在角落
哭笑不得

我现在写的诗歌
不为你也不为我
匍匐在生命的正中间
小心翼翼地擦拭岁月凋谢的颜色
如果有风雨就写风雨
如果有快乐就写快乐

我想写诗歌的时候
就摆个最舒服的姿势
握住笔

共同的六一儿童节

第一次她要和我视频
我在回家的路上
心里惦记着白天投出的稿子
没有理会
第二次她要和我视频
我正在吃饭
妈妈给我做的圆白菜和红豆薏米汤
我作为消遣打开网
她用镜头带着我在她的世界游览
我看见她身后我们为她买的礼物
会说话的娃娃被装扮得鲜亮
填涂好的画纸
还有只喂食得像猪一样的垂耳兔
她要水的时候奶奶给她端来水

要糖的时候也为她找寻糖果

要是我我会很美啊

可我面前的这个小人儿

眨着水汪汪的眼睛说她很孤独

于是

我咽不下最后一口粥

初雪

初雪
我看见一只冲上青空的鸟
裹着日出与日落间的颜色
我知道那是为了迁徙的飞翔
为了更饱满的生活与希望

初雪
我看见一只冲上青空的鸟
迎着满空碧霞和云鹤
我知道那是为了生命的努力
为了更结实的房间和臂膀

初雪
我看见一只白鸟在青空盘旋

因为我在默写一些字和句子
很久以前

太阳

你的手抚过我的土地
一面富饶一面贫瘠
是天空碾压过后的云朵
破碎如叶瓣的记忆
不只留下痕迹
也遗落些许腐朽的气息

你的手抚过我的土地
一面杂乱一面整齐
是翅膀拍打青天的雀
浸透如落日前的颜色
不只为了迁徙
也弄摆几种姿态显示羽翼

你的手抚过我的土地

隔着千万年的距离

我却觉得

很久以前

我们就在一起

我们都是诗人

这个时候
太阳没泛出那么浓烈的香气
没有电话
没有人找
时光落下又浮起
品着茶
捧着书
吃着苹果
今天是个诗兴大发的日子
我们都是诗人

我和自然

灵巧的舌头穿不透
铺满阳光的黑夜
远处有星星点点的灯火
却照不亮前方的路
渐渐日照变短的日子
足以使最熟悉的道路改变
我不是夜光也并没有飞行的翅膀
但我并不彷徨
我只听命于与自然共生的脉搏——
那些树木、花草、大海、天空……
我属于它们的世界
它们也属于我

我的故乡

我不是诗人
只是个堆砌文字的人
我还在找寻
无所谓自己是否走错了路或来错了地方
找不到我便自己造一个
一个破了，再造另一个
无所谓镁光灯下或散发墨香
只要我还能呼吸
还有力气

一封家书

我用湿漉漉的眼睛
承载一封家书
几百行的墨迹
是一支笔游走在一张纸上的疼痛
细细斟酌每一个字句
有的回忆很轻
有的思念很重

没有地址能寄往父亲的家
可我依然把信装入信封
默念一声“爹”
天黑后不会是同一个黎明
邮递员不懂

诗人的话语

因为怕火
我将点灯的火柴扔得很远
燃着的光
不是为了照亮脚下的路
是给寂寥星空的暗号
我懂得它的孤独
这是诗人的宿命
也许更是文字的宿命
那些诗人的话语从笔尖落下
掷地有声

叶

涌动的能量
在胸中膨胀
在血液里烧灼
只会羁绊
是因为动力的渺小
飞不出物外
是因为单纯地牵引
凭借仅有的风的权利
带着假想的静默
落入云里、雾里

草（一）

风的律动
燃烧的渴望
经过雨的洗礼后
带着幽幽的香

草（二）

阳光蓄满了身体
在一刹那迸发了活力
摇摆的每一个姿势
拼聚了全身的能量
天空的高
地面的广
在风声涌到前簌簌地颤抖
带着淡淡的哀愁

诗人的表白

总是会感叹上苍赐予我们的是怎样一种清澈的生命
会一生铭记令自己伤痛的事情
把它们用腐朽的失去原貌的镜框裱起
甚至混淆了痛苦和欢喜
固执地认定
记忆一定要专属于记忆

总是会感叹上苍赐予我们的是怎样一片贫瘠的土地
会怀疑世界上是否会有一支马良的神笔
研好了墨填饱了笔
勾画起唇边天真的笑意
焦急地期待
眼前将出现怎样的震天动地

总是会感叹上苍赐予我们的是怎样一段短暂的旅程
会用一辈子的时间怀念曾经
渐渐地曾经变长，怀念变轻
不接受自己是风却随时会被带走
贪心地吵闹
挥着手诠释一无所有的哭泣

总是会在最没有灵感的时候
急切地想写出最感人肺腑的诗篇
哪怕颠倒了黑与白，交替了真实与谎言

但今天
没有灵感的日子里
我正在写冗长的句子
因为我的生命
将虔诚跪倒在真理面前
忏悔

泪

一滴苦涩的泪
会经过怎样的抉择
要酝酿多少悲哀
排挤多少欢乐
轻轻地吮着面颊淌下
拖曳着忧伤
冰轮般的凉意掠过
无声无息滑落在地上
却没有一丝痕迹
好像这泪是天生的干枯
不要认为这滴泪是贫贱的
它承载着落泪人饱胀如潮的心情

风之恋（一）

为了守护一只羁绊在枝丫上的风筝
我驻足在原地
深深地屏住呼吸
伪装成空气
静止在臆想的情节里

深切如蓝的双眸
我说："爱你"
风筝飘远
即使是风也追不上的距离
我流泪
却仍执着地追寻
那棵树也流下了泪
寂寞地抖落
一地风的印记

风之恋（二）

想用生命来爱你
在我还能掌控自己方向的时候
用我的手抚摸过后
划出一道深深的印迹

想用生命来爱你
在我还能看清自己面貌的时候
听我的声音在你耳边响起
倾诉一种眷恋的语意

想用生命来爱你
在我还在你身边的时候
怕时间会阻止我们相爱
怕自己会被迫离开

可惜

全部的生命仅仅是你的呼吸

用所有的勇气拼尽全力

你只是默默地

拉紧外衣

风之恋（三）

为了你
我放轻呼吸
怕惊扰你在云朵中休憩
为了你
我吹散雨雪
怕淋湿你光亮洁白的羽翼
为了追随你
我跌落天际
终于找到你
用尽一生所有气力
你选择飞起
可我只能留在原地

雨中

人们走着
顶着五颜六色的伞
伞下是苍白的脸
不用堆满笑容
也不必把握住伞柄的手虚假地伸向前
人们在滴答滴答、圈圈圆圆的时间里旋转
相同的步伐混杂着水和泥土
雨地上的照影
五彩斑斓
人们走着
无论昂首阔步
还是低眉敛目
对面的人
什么都看不见

看着走着的人们微笑
我撑起我的世界

门外的我

我站在门外
却忘记了推门的动作
曾经熟悉的画面
略带僵硬的定格
灯光璀璨的影片
观影者便是参影者
没有人在意
内心真正的颜色

我站在门外
却不知是想出去还是刚刚到来
灰姑娘单薄的未来
皇帝新装的感慨
星空寂寥

喧闹的街市
鼓乐传来
我站在门外
以优美的姿态
等待一双修长手指的手
拉我离开
盼望的眼神藏在光明的背后
烛光中的他们
永远看不明白

我站在门外
以为自己可以伪装成正在推门的姿态
只是
我错了
我是被门内的人
锁在门外

旅行

撒下一地的眼睛、耳朵和嘴巴
拼凑一条条旅行的路线
蒙上眼睛浏览美丽的荷塘
玫瑰色一汪
堵住耳朵倾听大自然的声响
深信地球在腐朽中挣扎地歌唱
捂着嘴巴赞扬广阔的旅行图
如同粗糙起皱的人心一般
无数坚强的砾石块
单纯地泛滥

没有眼睛、耳朵和嘴巴的我
用鼻子努力地呼吸
孤独地前行

还好

他在这里

一个下午

你相对我而坐
以一个人的形态
似笑非笑的脸容
掩盖着作为人的悲哀
你吐出的气息
在我眼中
是钟摆击出的空荡

我相对你而坐
以一个人的姿态
似是而非的虔诚表情
刻画着同为人的无奈
我呼出的风
在你眼中

是石缝中卑微小草的挣扎

而在我心里
那是在你耳边扯起的笑意
笑那样一个荒诞的下午

当忧伤散尽

当忧伤散尽
流泪的双眼褪去血红
混沌中撑开
干涸的嘴
却竟如何努力都叫不出
撼人的声音

当忧伤散尽
纯洁的心灵布满尘埃
静默中长出
结实的躯体
却怎么也接受不了
和暖阳光的侵来

当忧伤散尽
灵巧的手编织稚嫩的希望
光明中萦绕
单调的色线
却怎样也分不清
交杂的向往与怀念

当忧伤散尽
注定你我失掉生命
失掉本真
当忧伤散尽
请允许我
慢慢把忧伤的碎片
云淡风轻地拾起

路

我在走一条路
一条走了无数次却还陌生的路
熟悉的是脚下的土地和踩在上面的感觉
陌生的是路人空洞的眼神与变形的右脸

我在走一条路
一条通向光亮却远离光明的路
路的尽头是座孤独且狭窄的岛屿
真理都只能无助地向我挥手祝福

我厌倦了一条路
一条我宁愿从未经过的路
这样就不会
心不想从此处走
却停不下脚步

花之魂

睁开了双眼
拥抱这青天
把曾经的缺憾还给时间
悠扬的风声
华丽地奔跑
找寻迷失家的自己

花朵的味道
是爱的浓郁甜蜜
朵瓣的摇曳
是爱的深情召唤
睡在爱的襁褓里
身披洁净的外衣
体验惊心动魄的情节

标本比自身耀眼美丽

最后

带着遗憾

被夹紧

天上的开场表演

旋转地飘
生命终结前的舞蹈
在落地的刹那间
绽露造物者的微笑

时间的砾石
磨光洁白的衣角
身躯交错泥土
卑微到向路人乞讨

流下的泪
淌下化作水
阳光不吝啬地微笑
一切仅是开始

蝶样的风筝

逆夜的蝶舞出华丽的曲线
晶莹的翅膀掠过静谧的流年
风起了
完美地画圆
也许只是一厢情愿的抛物线
蝶落了
才释然
它竟是只蝶样的风筝

冥记

终于有一夜
哀思浸满生命
清冷的心拥抱孤独的情境
混杂的泪水抹拭模糊的背影
时光的流逝
很难弥补光年的永恒
徘徊在最远与最远的距离之中
想要留下
稍纵即逝的曾经

也终于
夜变成了晨的透明
行路匆匆
偌大的城市
谁能承载我深重的心情

天使之泪

我能看见
稍纵即逝的时间从我面前静静淌过的痕迹
淡淡的情绪
蔓延至满心的哀意

我能听见
疲惫不堪的心灵暗自叹息生命的纷繁之回声
浅浅的愁思
漾溢出真意的感动

一滴苦涩的泪
缓缓地流过面颊
流过曾经的泪流过的地方
现在的我唯一能做的

仅仅是擦干这泪
再流泪

遗忘的爱

两朵云的擦肩而过
没有激情
却制造出雨滴的降落
阳光所谓的吝啬
没有灰暗
却是晴朗的天河
风的执着
让云变化了自我
不会期待再次重逢的时刻
继而远离
安静地听
雨滴的声音
遥远地相望
似曾熟悉
却又什么都记不起

浮云影

幻作一朵浮云
闯进不属于自己的都城
想离开这里
却惊觉耳边已不再有熟悉的风声
轻轻地飘着
碰触着陌生
包裹着冰冷

一滴晶莹的水珠
溢出淌下坠落
像水晶一样碎了却没有痕迹
因为这泪
浮云散去
空余缥缈的尘雾

那是云的魂

载着遥远的梦

相忆相忘，然后等待

会因为某种生命中最初情感的消逝而绝望地哭泣
会因为某些模糊的情结而躲在一旁偷偷地窃喜
也会因为泪水的淋漓和开心笑容的转瞬即逝
格外珍惜真情的片息
曾记起蓬勃万新的春景
曾记起依松漾雪的冬季
有时会悲伤到全身都浸满哀意，恣情到忘弃天地
也有时会幸福到周身都历经甜蜜
甚至失去分辨天堂与人间的能力
但更多的时候我们在等待
等待快乐与痛苦的感觉
我们在怀念，思索痛苦与快乐的曾经
我们在回忆
粉饰那些能被自己接受的所谓美好得失去真实的记忆

有人说，等待的本身就是一个错误

而我想说，对于这个美丽的错误，我会义无反顾

思绪

有些回忆，在我混沌的记忆里，兀自鲜明起来
不仅是一个符号一个标记，而是一段在人生中磨灭不掉的痕迹
它铭刻着我是一个怎样成长起来的人
喜欢熟悉的黑暗
常常夹杂着恐怖与苦涩的味道
那味道令时常闭塞的心扉敞开
尽情吸吮
却怎么也不能满足

那潮湿阴冷的空间也将弥漫不朽的孤独感
喜欢摆满摊位的长街
街市中喧闹的人们搅动着生机和生命
兴奋地走来走去
那声音令时常关闭的耳朵打开

尽情吸吮
却怎么也不能满足

那杂乱不堪的街道也将填满不朽的幸福
喜欢至今不知何名的盆栽
常常夹带着泥土的新鲜和虫子腐烂的颜色
那景象令时常张开的双眼紧闭
尽情颤抖
却怎么也不能满足

叶片上小颗粒的白色虫卵也将被命运抖动
太多太多的喜欢
可是只能留在回忆里

怀念，不想怀念

我怀念
深深怀念
上善若水的格言
不想怀念
为善而为善
视为不善的真实预言

我怀念
深深怀念
照片上不同人各异的微笑
不附带任何意想中的不健全
不想怀念
狗尾草骄傲伪装散乱一地的绚烂

怀念曾经我的亲人和伙伴
逝去的活着的人们
和微笑望向我的好朋友们
那些活着死去的人们和事情
我不想怀念
实习有感

风的力量
吞噬低矮的天空
满天云雾散开的图景
诠释最乏味的生命

光的律动
扭曲交错缠绕的色线
近乎横平竖直的牢笼
撇下一小片孤独的阴影

闪着光的蜡烛熄灭了房中的明亮
黑夜的眼睛用鲜血标记的图形
找寻最纯洁心灵的完整
而那阴影角落里的卑微的呼吸者
笑看人生

愿意过的生活

愿意过的生活
是日初升时不用赶班车的惬意
和慢慢吃大饼油条的洒脱
是月初凉时不用在外奔波
和无论刮风下雨家中坐的安然

愿意过的生活
是和生命中最先遇到的那个人一起执着
吃没吃过的美食，写没人写过的诗歌
是大力拥抱爱我和我爱的人
自由奔跑，任意笑闹

愿意过的生活
是自己掌控自己的性命

生与死，贪婪和欲望
是自己决定自己的命运
快乐与伤悲，生活与活着

我老了

我老了
乌黑的头发变成了白雪的雪白
骨瘦如柴的身体
再也抵挡不住暗夜里凉风的袭来
可是
我仍不相信
自己魂灵的容貌也如躯体一般老
可是
我仍不相信
自己魂灵的青春也如躯体的青春一般少
于是
我想要证明自己
会依旧有力气顽强抗争
哪怕只能用血肉搏击
可是

我真的已经不能再拿起命运的盾
可是
我真的已经不能掌控生命的舵
于是
我想用爱与温暖包围魂灵与自己
于是
我想放出最耀眼光芒遮住我身内也即将失去的暮色
可是
我的身体冰冷得可怕
可是
暮色又飞快地融进黑暗之中

我想站立着
用最凄厉的声音高喊
那声音化作一道利剑
穿透无边的黑暗
我想站立着
用最鲜艳的血色诠释
那色彩化作一个巴掌
拍向冰封的空间
可是
我老了
只能坐着、躺着
望向天边

老马

一匹受了重伤的老马
驮着深重的怨念
踩着疼痛的节拍
走过整个季节

那一串燃烧的脚印
印痕里镶嵌尘封的血色
破碎如被咀嚼的秋叶

无数肮脏的蛴螬
在生涩的液体中
试图顶起它沉重的生命
而那匹受伤的老马
站立中睡着

一只蝴蝶

因为年轻
我失掉了翅膀
没有失掉翅膀
也不再能够飞翔

因为年轻
我迷失了道路
没有迷失道路
也不再能够踏上归途

因为年轻
上一刻
我攀上最芳馨的花枝
微笑

下一刻
对这夹着我的本子
对这把握我生命的人
无奈地叹息

苍蝇

在孤独的城堡练习风骚
试着熟悉自己的面貌
不是新生
而是潜藏在最底层的卑贱
是这沉寂的环境
让他们苏醒
然后占据自己整个身体
也许不待我离开这里
便会埋葬在这城堡里
泛着古老的气味
永恒不变的笑
只不过这笑现了形
水珠般透明

我和你（一）

你的双手高举过太阳
却没有托住光明的方向
你的双脚踩紧着大地
却忽略了泥土的呼吸
你的脸贴在我的脸上
尽是浓浓的凉意
而我依旧庆幸
我还认识你

你的头高扬过山峰
却没有见过淡漠的云朵
你的唇亲吻过大海
却忘记了浪花的迭起
你的脸贴在我的脸上

尽是厚厚的冰雪
而我依旧庆幸
我还认识你

我已经记不清你裙上沾染的血滴
已经想不起我们纷飞的泪
我已经忘记你身上的烙印
连同我身上耻辱的印记
是你用生命让我想起
是你用鲜血让我记忆
你铭刻在我墓碑上的字体
是为我的懦弱悲哀地叹息
他们笑吧，笑吧
总将会记得我们在哭泣

我和你（二）

失去了颜色的我
带着你抚摸过的印记
走进你的领地
干涩的草
是排斥探访的头颅
泛出一种古怪的笑意

失去了颜色的你
带着我抚摸过的印记
走进我的领地
猛烈的风
是拒绝探访的大手
隔一层栅栏给你

你把你放在我的门口站立
我把我放在你的门口站立
坚硬得像两块石碑
挪移不动
也撬不开两张嘴

那只脚在犹豫

那只脚在犹豫
是否跟随前行的人们
为监视生命
而放弃生命
那只脚在犹豫
是否走进绚烂的光影
良知和贪欲
骤灭骤生
在这犹豫的时间
另一只脚做出了选择
停下来
停下来
停不下来

生病

感觉
我的语言已不多了
华丽的语词抹上了土色的芝麻酱
虔诚地跪倒
握住时间
感觉
睡梦中我的话很多
像一个个孩子衣着鲜艳
红扑扑的美丽的脸
奔跑在无垠的空间
醒来
那语言
又丑又干

寞

可怎是欢乐到回忆
已悲泪盈盈
倦看风里的冰夏
漂泊的孤身

千寻

在这样陌生且下过雨的长街
在这样热闹长街的拐角
在极浅极淡的颜色中寻找
可以放置心情的一方
就像夏夜里漫天的繁星
年轻却恍惚

迷路

在朦胧的光影中飞动
寻找家的气息
穿梭于黎明的安宁
黄昏带来一片寂静的阴影
穿梭于黄昏的浓重
黎明吸收暗夜中温暖的味道

缅想时光流逝损毁
一个个强壮和薄弱的希望
希望的火光
照亮心底的阴郁
缅想回忆篇章铭记
一条条陌生和熟悉的小路
小路的尽头
生长着我的家

空气

悲惨的裸照
隐忍清风的冷傲
孤独地奔跑
完成本能的需要
虚伪地拥抱
接受阳光的宣召
流泪或是微笑
没有人能看到
只有近乎绝望地咆哮
还被当作风的呼啸
掠过

谈生命

也许生命是一面终将破裂的镜子
那些嵌在血液里的碎片
折射出梦的黯然
那似乎光滑的镜面
是决计照不见天使圣洁的光环

也许生命是一段永未完结的弧线
没有什么人能够完美地做圆
那故作潇洒画下的句点
氤氲开泪水的散漫
会有一个生命为自己的残缺找到出口
释放的是
生命最初的完整

孤单

青天，掠过的第一只鸟
被我偶然地抬头看见
就像湛蓝的画幕被滴上一点油彩
缓缓流散
从一只的孤单
到一群的狂欢
最后又是一群的孤单

泪

一滴眼泪的充盈
渐渐填满了快乐的心
嘴角边轻扬的笑纹
瞬间归于平行
或有被爱与爱包围的人生
可人却已伶仃
感动着人的感动
生命却不能路过曾经

逝去

一朵花的盛开
意味着不久的毁灭
一个梦的多情
掩映着现实的冰冷
一个坚定着的意念
很快如水晶般破碎
而一个微小的伤悲
漫漫长长
永生

春夏秋冬

我拥抱着春天
以为可以用不变的姿势永恒地旋转
我牵手秋天
以为可以应收获的气息
舞得翩然
似乎没有任何理由
事情都要完美到极限
于是
夏天的雨是春天离别的泪
冬天的雪是秋天离开后
因怀念
飘下的满载思念的紫罗兰

等待

我厌倦了
对一些事的无能为力
对未来的无知和猜测
我无奈着
分着心
希望听到臆想的门铃声
从意念中回过神
是静悄悄的空气与乱糟糟的心情

思索

我们在暗处
黑色隐匿了回家的路
我们相互依偎
不是为了取暖
只是不习惯孤独

我们在暗处
补丁般的屋檐刚好遮住阳光照射的角度
我们相互拥抱
不是为了情感
只是想用他人的衣袂掸去尘土

我在暗处
听到周围人们忙碌的声音

那是他们在制造埋葬我们的墓地
我们不是无辜的
谁在叫嚣
谁就先灭亡
谁在呐喊
谁会突然老去

石头记

我常常想
生命中还有什么事情值得悲喜
这些事情无论如何呈现其面貌
都像极了填满沟壑的石头
沉重而肮脏

我有多少重量
就有多少石头
我有多少伤口
就有多少石头
我流出过多少鲜血
石头就有多深的颜色

我无数次被石头淹没

刚刚爬起又跌下去
我怕有一天会被埋葬
尘土、淤泥、气息和欲望
我怕有一天会拥抱死亡
却又不能和爱的人终生相依
只能踮起脚探出头
保持着一个生与死的距离

挣扎

我在挣扎
用手撑着地上黢黑的灰尘
像是要破土而出的草
痛苦压缩着身形
为了长成

我在挣扎
暗夜中睁大浑浊的瞳孔
像是要捕食田鼠的猫头鹰
强忍着饥饿
为了性命

我在挣扎
可能只是我的臆想

因为不仅是我的手臂
好好地垂下

年少的我

年少的我
恨与爱都是最高级
夹杂在黑与白的世界里
艰难喘息
忘记了面带微笑的脸
记得一地破碎六月菊的诗意

年少的我
分不清爱与欢喜
相信有人牵手走的路上
不会有荆棘
直到泥泞的土壤和锋利的荆条困住了我
迈不开脚步
徒有想要跟从的心意

年少的我
自以为是的偏执
享受着静默成习惯的温暖
不曾在意
以为自己是折翼的天使
早晚都在憧憬天际
年少的我
藏着孩童般的秘密
羡慕他们肆意玩闹和五彩斑斓的哭笑
现实教会我把生命中最初的色彩艰难抹去
隐隐梦想会有人懂我歇斯底里疯狂的背后
是怎样的一颗金子般的心

年少的我
现在还在年少
不是真的还徘徊在年少的年纪
而是狠狠叼住甜腻的棒棒糖
拒绝长大
我怕很多事情复杂地生长
我怕很多结果奔涌袭来
我怕很多理想将永远束之高阁
但其实我最怕
我失去的不仅仅是青春

我可能生了病

我可能生了病
一种不知如何表达的病征
像失了露水的青草
被阳光顽劣地灼烧
像缺了繁星的天空里
月儿鬼魅般微笑

我不再是一个身体两个声音
不需要上戏剧学院
卑躬屈膝地学习表演
我不再是急急走过生命的路人
不需要一步不停而错过风景
我不再是孤孤单单的小船
不需要泛舟湖上刻意堆砌的诗意

我不再是文字的傀儡
不需要特别配合着手指间夹住的笔尖慌乱地舞蹈

我愿意这么病着
没有人能治
医生
请拿开你触碰过千万人身体的针
若不幸把我治好
宁愿死

致青春

我应该感谢
把头深深埋在双手交叠的地方
为挥手作别的时光里曾经有过的感动
为恣意张扬时闪耀着的璀璨的光芒

我应该放歌
把头高高昂起向着山的方向
为疾走的年华裹上纯净的衣衫
为一言不发地老去起一个高尚的调子

我应该舞蹈
把头轻轻扭转到最舒适的角度
为最清澄的美丽找一个借口
为最绚烂的将来选一个最亢奋的舞曲

我本应该尽情地感谢、放歌、舞蹈
同所有默然走过这段生命的人们
用欢容淹没泪水
用思考洗涤魂灵
可我感到悲伤
当我用双手抚摸自己灵魂的时候
本不细腻的手摩挲过魂灵里最稚嫩的部分
我感到疼痛
可人们却无情地走过
肆意践踏在我落满哀伤的土地
土地的名字叫成长

一起

漫无目的地找寻
在无数个相近的朝夕
因为黑暗的眼睛
不会看见黎明的降临
近乎僵直挥手的动作
类似树木般长满了意外的果实
可用手去取去摘
却又什么都捧不起

漫无目的地找寻
在无数个相近的朝夕
因为年轻的耳朵
不会听见花朵歌唱的声音
生涩微笑的姿态

不代表快乐，不代表悲哀
衣衫褴褛却不承认是乞丐
只是单纯地坚守
可想要的却从来都要不起

漫无目的地找寻
在无数个相近的朝夕
从未停下执着的脚步
笑捻春意
以为光明、温暖都能因自己而起
直到笑容变浅，心思变细
吝啬发光的言语，放大奢侈的权利
可当别人伸手求助时
却又什么都给不起

漫无目的地找寻
在无数个相近的朝夕
想要睁大黑暗的眼睛迎接光明
想要竖起年轻的耳朵仔细倾听
想要张开金贵的嘴巴诚恳倾诉
想要它们簇拥在我的身上
彼此熟识、相知、拥抱
迎着未来，永恒的人和事
一起

望见

我在望见你时你恰好望进我的眼
逐渐凋零的言语无法圆说逝去光明的天
耳环边是我们呼出的交缠的空气和誓言
立即会变成云朵浪迹天南

你在望见我时我恰好望进你的眼
逐渐干枯的魂灵无法抵住命运的挂牵
周身是浸透清冷的黑暗和薄雾
瞬间会融化成繁星点点

我们在望向我们的时候对望
尽管失去光明和语言
你我相携走过
冉冉红烛一点

导演

我在分辨
仅仅是用肉眼
看衣服、人和灵魂
谁被谁穿着
谁又点缀装扮着谁

我不是救世主
却在看谁时都生出可怜
哪个在笑我都看到它的泪水
哪个在奔跑我都能见到它蹒跚的背影

我不是造物者
却在给谁都安排着故事
哪个快乐我就编成悲剧
哪个不幸我就赏赐它几个欢喜的瞬间

三分钟的《中国好声音》

突然有种冲动
我不能只会写诗
飞蛾扑火的倔强
自己拥抱自己的温度
我要奔腾的浪花和普照阳光的海洋
我想要见到疯狂流下的泪水和乱舞的臂膀
静默的文字只能诉说
孤独的人才会聆听
而真实的声音会沁入每个人的心中
可刚刚折断画笔的我
音符都不识一个

车与树枝

他是班车
有着钢铁般的宿命
她是他禁锢生命中的一点颜色
他从她身边疾驰
用光速带她
从万千树枝中寻到
在众目睽睽下逃离

她可能早早期待着
只为在对的时间走对的路
冲破重重阻隔
愿意生死相依

我还想象着
车已到终点

精神病

我活着在这
可能是一个玩笑
不知是哪位天神闲着无聊
我和周遭的物种都不一样
无论长相和思想
我是个听得到说得出的聋哑人
我看到的楼矮得低入尘埃
人们说我是瞎子
我嗅到的空气充斥着恶臭与腐烂
人们说我该去看看鼻子
我在我的房子
探出大半个身子举灯启明
人们说
瞧，那个傻子

生·死

你们都在阴暗的角落中安静地坐着
看着端挂在天空已经熄灭的月亮
有人昏昏睡去，有人即将合眼
而我重复着愚公的故事
一遍遍用单薄的树枝
划破黑暗

你们都在大街上光彩地死去
躺在水间山谷随便瞻仰的地点
有人安详闭目，有人睁大双眼
而我选择蹊跷地流泪
死在诗中
泪水开出梅花

小偷

我不断关上打开一扇门
蹑手蹑脚地收集
门外的星星和月亮
然后用阳光照耀的盒子盛满
紧系在身体最显著的部分

我身上挂满了闪烁着的盒子
来不及微笑和痛哭
生怕晚了时间
奔跑着为你送去光明
你却以为我是发着光的怪物
惊醒了深夜的梦

一只在悬崖边站立的鸟

一只在悬崖边站立的鸟
嶙峋的山石硌痛了它的爪
越是疼痛
越是害怕
越是抓紧
越是坠落
不只是失了生命或是失了信仰
即使它是一只鸟
会飞

监考有感

满屋都是墨色未干的轮廓
着色的笔微扬着
只有暖气上干瘪的橘子皮
在阳光和尘土间自由盛开着
我背手站立着
经意停在最黑暗的角落
我在等待
等待一个
风掉落下来的时刻

倦

关掉所有的灯

世界也不可能一片黑暗

只是曾经有灯火的地方会不太习惯

远行的飞鸟

躲着在冰天雪地里延伸的路

和似曾相识的人

躲着点滴燃烧的星光和冷暖

苍凉高歌

眼睁睁看着滑走的流年

不是碎瓦折断了羽翼

只是被风绣在水面

西栅里

西栅里
阳光暖着一棵参天的树
上面住着年纪轻轻的蓝天和云朵
下面是一位郁结在心的人
双腿的寂寞
有心人高举着相机
把它装着

照片里
阳光劈开一棵笔直的树
上面是蓝天和云朵僵硬的姿态
下面过膝的荒草突然变得无精打采
有心人高举着笔
把它记下

文字里

一棵强壮的树

不止经过风霜和雨雪

上面是一双大手托举光明

下面是浑浊土泥里干净身体的舒展

有心人高举着沙漠里最后一捧水

穿越大半个生命为它浇灌

那疾走的背影一路仓皇

病

我浸泡在深水中
双手狠狠撑着空气结成的冰
身体的每一个角落都战栗着
不止因为寒冷
有人为我放一束丁香
香气在水中晕开弧形
空气瞬间融化
我的双脚不听话地移动
这是一种病

生病

感觉到
许多水自身体中流动消失
感觉到
最后的自己仅剩一具干枯的躯体
感觉到
生命鲜活的花朵刹那间枯萎
感觉到
死亡的寂静与别离世间的疼痛
感觉到
周围人苍白的脸和舞蹈的心
感觉到
一座没有墓碑的坟墓和一片没有坟墓的墓地
感觉到
一切是那样真实又那样虚假

感觉到
会有一种奇迹的花苞绽放
奇迹的名字叫重生

也是病

疼痛
一大朵花盛放在那里
忽明忽暗地游移
我提着水桶找寻浇灌
其实就在蓝与紫之间的土地
从未忘记
总是云淡风轻地记起
也是病

轮回

当阳光缓慢流逝
如老者可见的生命
我背上行囊去座陌生的城
带上自己的身体和姓名
请原谅我的眼泪
为了挥别风和云朵的水
在最熟悉的小路
折一片长在春天正午的叶子

当阳光飞驰拥挤
如孩童奔跑的速度
我在熟悉的街角停下脚步
抛弃自己的名字和身体
请原谅我的微笑

为了亲吻权利和财宝的弧线
在最陌生的土地
种一段早已枯黄干瘪的记忆

当太阳如老者和孩童般交替
我在最熟悉和陌生的地方呼吸
没有固定的名字和身体
没有名字和身体
没有名字
没有身体
没有我

时光

——一个坐着轮椅的老人

年轻的人们
踩着溜冰鞋
在绕了一个又一个弧线之后
回到原点
笑着闹着转着

感觉到
他们的快乐
红彤彤的脸颊
是我所喜欢的那种颜色
阳光的颜色

不能走路或走不稳路的腿

像鸟的翅膀收拢着
后面推轮椅的人
是我的整个世界

你

——写给诗神

你在天边
无边无际如海的天空
如同一朵自由行走的花
散发着迷人的光
我只能仰望你
飞翔的痕迹

我想懂你
清辉难畅的忧伤
我想为你点亮
哪怕星星微弱的光芒
像曾经你为我照亮
现在仍闪烁着的梦与远方

爱情

最美丽的花朵都生长在笔下
吐露着阳光、流萤和芬芳
随着希望摇曳
吮吸梦想绽放
冷风来袭的时候
抱团成一簇簇白色的火焰
阴雨来袭的时候
变幻成一把把五彩的伞

而真正的花朵
扎根土壤
大风吹来的时候
来不及凋谢
就断了

致童年

我们相遇
看你在浅浅光阴下没心没肺地笑
我们相爱
爱你酡红的面颊和怀抱着的纯洁花朵
我们赤着脚打闹
一遍遍承诺
从天涯海角到天荒地老
最后却逃不过别离
败给疾走的年华
七彩的虹

生命

我熟悉你的开始和尽头
中间破落的屋顶和铺满石子的路
折断的树枝与折断的河流
一片云在作雨前的闲愁
好像会离你越来越远
又好像就在你的左右

春天

我所热爱的春天
是不用精心打扮的少女
头发是被微风吹乱的枝干
衣摆是填满阳光的花环
美得翩然
不做任何人的妻子
你用温暖紧紧抱住人间
叶子缠绕时光的纷繁
安静地听你的声音
似曾相识
却也在改变

夜光

我在二十五楼高的空中行走
用翅膀
每一步都是流浪
不熟悉的道路镶在坚硬的世界
没有草的柔软和甜香
我刚点燃自己的时候
天正好灭了

我们

我穿过阳光奔跑向你
你的世界在下雪
看上去
我们的身体都淌着水

我向前一步
你后退一步
是我们
最遥远的距离

放牧者

放牧一场春雨
等待草叶绽放的那个晚上
仰面或侧卧
近距离感受树木和那些未坠地的雨滴
越来越流露出的青绿
越来越闪烁的眼睛
月亮还是明镜高悬千古就有的样子
只是此刻的月光
是把隔着千山万水也能切割人心的利刃
草叶一样

我和太阳

冬天来到的时候
只剩我一种生物
没有名姓
饿了的时候
张嘴吸吮阳光充饥
冷了的时候
手脚缠绕阳光取暖
太阳的能量很大
它能照见万事万物
包括火焰

我没有同类
应该是比没有朋友幸运些
太阳需要提着月亮照明的时候

突然

我就冷了

冬天来了

寒冷的时候
感觉天空是疼痛的
斑驳的云朵撕裂了它的身体
却还得挺着
只是颜色没那么好看了
我把自己淹没在羽绒服里
露出一双能认路的眼睛
等阳光正好时再微笑
要记得我的样子

累

我的嘴巴上了一把锁
眼睛也被一块黑布蒙着
脚上的镣铐发着高烧
可左手还要负责点灯
给右手照明
天黑的时候可能更容易相信星火
天亮的时候
一切应该都是场疲惫的梦

我们

你在桥上看风景
我在看你点缀的风景
一霎儿晴，一霎儿风
戴着的镜片有一点脏
摘下眼镜
却什么都看不清

致三月的白鸟

若展翅
逆着光
何处是我们飞舞的天空
若归隐
埋下头
何处是我们休憩的土地

我们不曾思索
怕灵巧的身影遮挡住黑夜呼啸的梦
思索也是一种禁锢
怕洁白的羽翼燃起怒吼的风
不曾畏惧前方的崇山峻岭
那将是我们独一无二的旅程

致十月的白鸟

想用最澄澈的眼睛望天
想用最舒服的姿势展翅
想轻盈掠过点点灯火
却怕火燃烧了我的羽翼
可又怕人们看不见我的洁白
然后盘算着，盘旋着
忘了怎么飞

第一天

雾霾散去的第一天
一束能够点亮天空的阳光是多么珍贵
这亮光能刺破黑暗
点燃葬在冬季的人们的心火
我都能听见遥远地方的欢歌
我应该是苏醒了
灿若晨霞地活着

一本好书

两朵花
左手边是一颗被上帝随意撇下的星辰
长成的形状都漫不经心
右手边是伪装成冰丁躺在雪山脚下
清醒而沉静
两朵花都会盛放
经历所有花朵经历的
结了果子后被吃掉
也许是能够致病的
也许是治病的

兴隆游玩有感

双

核桃树、栗子树
结出的果子是一对一对的
树下嬉戏玩耍的鸡和狗
是一对一对的
阳光下的我和影子
也是一对

同样

这是兴隆县的一个小院
晚上会被虫子淹没
虫子会铺满床
所以不能开灯

山就在不远的地方
同样落满了虫子
在月光打开的地方

我听见山的欢呼
可我喊自己名字的时候
却没有回音

路和生活

五人乘坐的汽车
是匹不识途的马
无声地行走
离天空越来越近
为了一点世外桃源的小念头
从正午走进黄昏

这多像生活
没有后退的路
所以以希望做借口
手里掐着种子
却撒在身后

房间里

房间里
我的敌人
你的敌人
他的敌人
逆光而坐
光下
坐着三个人

房间里
我的敌人
你的敌人
逆光而坐
光下
你和我

微笑地寒暄

房间里
我的朋友
逆光而坐
没有我的房间
光下
空无一人

和你变老

与生命一起变老
直到你看不见我，我看不见你
与生活一起变老
直到你不想看见我，我不想看见你
与思想一起变老
直到你看不见你，我也看不见我自己
与你一起变老
直到你的眼中只有我，我的眼中也只有你
慢慢地一起变老
直到你和我别人都不再看见
相视一笑
刚好

微笑

我把脸捧到你们的面前微笑
用我看见你们微笑的方式
狭长的面颊勾过一弯孤独的弧
空洞的眼睛如死水般寂寞

很容易
你们发现了我身与脸的分离
可是没有人帮助我
没有人帮助我

我哀怨地看向你们
才发现
你们的身体躲在远处

一群人的一个人

一个人的路未必清冷

一个人的灯火未必孤明

一个人的泪未必倾诉孤独

一个人的笑靥如花也未必因为心情

一群人的方向未必光明

一群人的世界未必完整

一群人的身影未必不会彷徨

一群人的执着也未必凝聚所有人的心灵

一个人与一群人的梦想未必不相同

一群人比一个人的城堡未必坚硬

一群人的欢喜未必懂得分享

一个人的悲伤漫漫长长的

永生

你是一面镜子

你是一面镜子
一面对着我笑
一面对着我哭
笑我狂妄，笑我单纯
哭我的棱角被你磨平

你是一面镜子
一面敷衍
一面真诚
反射着我打发别人的手势
昭示着我心底最真实的表情

你是一面镜子
可我却认为每一面都不是我的脸

等到我把你变成玻璃的碎片

才发现

你只有一面

颜值

那些爬满瑰丽花瓣扭动身体的虫子
即便他们以最美好的方式舞蹈作乐
仅是因为它们的样子
仿佛连同娇艳的朵瓣都丧失了魅力
可在不那么明亮的地方
他们即便是停下动作
也被认作是一种喜悦的停顿

浴之感

突然有种幻觉
仿佛自己的上世是一只鱼
向往水却又惧怕水
怕水限制住自由
又怕离开水一无所有
也许是因为老天眷顾
这世让我为人
享受水而拥有陆上的自由

拧巴

我想变成一只风筝
风起时
落下
风停时
飞起

时间

突然间很想写点什么
写些人和人心
我都不用怎么渲染就能得到大家的共鸣
因为越活得艰难
越能体会得淋漓
孩子追着赶着去了解
老人则用拐棍抵着
慢慢地挪步

后　记

这是我的第一本诗集，主要收录了自2008年至2016年的作品。此前的仅有几首。这部集子中最早的一首诗写于2004年，我12岁。其实，那时我还不知什么是诗，更不知诗歌创作为何物，只是把写诗当作一种发泄情绪的方式，作品大多关注自己——一个“小我”的内心感受。随着年龄的增长，视野的延展，作品的视点终于从自身移开了，不再沉醉于一己之小我的自怨自艾，开始关注“我”之外辽阔的生活、体悟众多生命的美丽。

在我眼中，世间万物都是多情且多感的，相同或不同种类的生命会彼此相知相爱，大自然更是睿智且细腻，操纵着世间万物的悲喜，离别聚合，日月晨昏、雾霾风雪，一切都是最好的安排……此期间，我也逐渐认识到诗歌是写诗的人灵魂的表现，而用文字滋养、慰藉他人的心灵，传递温暖和力量亦是诗歌的责任。当然，这远非诗歌的全部意义，但当前的我尚只能认识到此。

在这部集子出版之际，我想感谢天津社会科学院出版社的大力支持；感谢金丹老师耽误自己的休息和时间，百忙之中为我作序；我也想向引领我走上诗歌之路的人表达谢意。衷心感谢我的家人和朋友对我的关心，特别是工作单位各位领导和同事们对我诗歌创作的关注和支持，正是由于他们的肯定、鼓励与栽培，才使我敝帚自珍，恪守诗歌之路而坚定不移。这份深情，我将用毕生的不懈努力来回报。

诗歌对于我而言，是一种呼吸，不奢望诗神赐予我诗人之桂冠，只希望自己能够永远拥有这种呼吸的能力……

刘未央

2017 年秋

诗心小语

诗心小语

诗心小语

诗心小语

诗心小语

诗心小语

诗心小语

诗心小语

诗心小语

诗心小语

诗心小语

诗心小语

诗心小语

诗心小语

诗心小语

诗心小语

诗心小语

诗心小语

诗心小语

诗心小语

诗心小语